JN241170

句集

森へ

宇多喜代子

青磁社

目次

句集　森へ

二〇一四年

花冷えの石を連ねて山の宮

芽吹く木の騒騒と一山をなす

透明な傘の八十八夜かな

夏近し双耳にこもる雨の音

夏落葉降るや起ちても座りても
岩走る水のまき込む日の光

永劫と瞬時をここに滝しぶき

麦の秋ルルルと大地鳴る日かな

もてあますわが体温や麦の秋

豊頬の高村智恵子立てば夏

家刀自の起ち居のゆるき遅日かな

高々と来て夏蝶の白ばかり

この郷の湧水尽きず蝶尽きず

盆波の音を畳に聞く夜かな

一川の紆余曲折や落鰻

広き野の陽炎軸となりにけり

耳打ちの声洩れており濁酒

青空の奥に青空春日燦

なかなかのもの万願寺唐辛子

秋日濃し猫の形に猫の影

ふたたびの水素結合秋深む

消灯という無理強いを星月夜

太陽一つ蜜柑の一つ一つかな

近景に蜜柑遠景に蜜柑山

宇和島の一泊二日十二月

二〇一五年

お降りといいて雪とも霙とも

戎笹よく鳴る鈴の荷厄介

初夢の縁者こぞりて吾に向く

塗椀を出して納めて松過ぎぬ

酔眼にぼうと七人宝船

四君子のほどよき色の春着かな

どっこいしよなる大声も初昔

夕闇や一魂の消炭にも未来

日の真下日進月歩の独楽の軸
親を喰う梟を見るだけの旅

瞑目のままの梟の剛毅

一瞬が一瞬を追う雪解川

穴を出て目鼻定かに蟇

いまさらの風鈴を吊り老夫婦

筆筒に小さき蛾の影うとましき
どうでもいい色となりけり単帯

梅雨鯰永田耕衣に似てにんまり

手足無事目鼻無事なる青田中

昨日のわれ昔のわれに白絣

短夜や生涯木の家より知らず

爪たてて剝くに力の夏蜜柑

いささかの文辞大事と夏の月

青息も吐息もしとど梅雨晴間

わがために係累集う夏座敷

樟落葉肩打つ膝打つわが戦後

秋彼岸形見の時計遅れがち

人家までゆるゆる秋のみちおしえ

瀬頭の白ばかりくる蛇笏の忌

羚羊がいるこれ以上近づけぬ

球形の大地に凝りて露の玉

二人入り二人出てくる芒原

右せんや左せんやと花野中

隠岐行宮　七句

友に逢う心地や秋の後鳥羽院

秋風裡肥満豊頬に描かるる

よみがえる鍛冶の火床や秋時雨

石上に菊と刀をとどめおく

突如落葉山風およぶ王の墓

石の戸のここな木の実の降りしきる

秋暮の旅の夢見に火やとろとろ

山系の雲ゆるぶ日の秋燕

朝な夕な風に色なき屋根瓦

初嵐老松さらに老いつつあり

幾万の恒星どれも悴んで
並列の自転の星の冬景色

冬の月わが天動説のまま動く

寒や寒や星の近づく気配して

霜柱地がうごくこと騙りたる

軒つらら火星の赤が濃くなりぬ

寒天に置く月一個と定めたり

中空におおきな螺旋朴落葉

颯々と木の葉降るとき風も降る
この道の落葉の上の落葉かな

蛇の鬚をつたう一滴また一滴

目の前に羚羊の立つ物語

裸木に透けたり犯人も鬼も

水分の神か真白に草氷柱

鳥獣ぞうぞう動く冬の山

頭が溶けて前衛風に雪だるま

転がつて毬は方位をあいまいに
犬ころといい猫ころといわぬ冬

煮凝におおきな魚の目玉かな

にぎやかな孤心もありぬ雪の夜

読めて書けてされど忘じて冬日和

白足袋の白にこころを従えて

辻多き町に迷うて足袋の白

死の話いつしか葬儀の話で雪

冬空を差配していることの心地

戦あらば戦前戦後ある冬日

雪景にアルマイトまたセルロイド

降り来たるものみな怖し火も雪も

かの日以来水鳥首をすくめたる
日もすがら金色をなす枯葎

梟を見る肩肘を張りつめて
終わりなき戦に梟を送り込む

朧夜の戦車は蹲るかたち

春の雪古今の宙を逆息に

かくなる世恃み少なし牡丹雪

日々猛るおのが思念と雪解川

二〇一六年

年男らしき立居を井のほとり

お降りという大晦日よりの雨

餅花のしなりに祖父母父母孫子

松の内夜々に深まる首の皺

しかすがに吉書にえらぶ喜の字かな

雨が雪にそんな気配も初昔

俳句の雪俳諧の雪窓の雪

しかじかと話つたわる七日かな

十五日粥のかなたや風の色

冬の田の棒の数本そのままに

練炭の余熱ほめられておりぬ

山光り川光りたり春の虹

水を押す昼夜の音も雪解川

燕くる空を綺麗にして待てば

雀斑の面たのもし木の芽風

対岸に用あるらしき鴨の首

池の鴨自尊の面あげにけり

ふくろうのふの字の軽さああ眠い

なすことの多き亥の子の朝昼晩

早々と梅が咲きそう本願寺

心臓のかたちの餅をさりげなく
新聞が新聞紙となる春の夜

眼張一尾崩しにかかる夕べかな

指を嗅ぎてのひらを嗅ぎ蕗の薹

子猫抱きかたむき歩く女の子

この家の子猫五匹か六匹か

対岸もこの世か春の茜さす

他愛なき一冊読了ぼたん雪

褒められている平明な薄氷

わが見知るユーラシア大陸の桜かな

原人の声かとおもう春疾風

無音という音やひたすらなる朝寝

老人の眉目動かぬ夕桜

風船の白のひとつが大灘へ

先生の没後かならず亀鳴くよ

三輪山の木の芽まみれに和田悟朗

白梅やこの家の百年二百年

子の声を未来と思う昼長き

短くもおもえる春の一夜かな

梅咲けば梅散れば父母在すかに

つらなりて石鹸玉にもこの重さ

花の下ひとときという大事かな

東京の宙を無音に竹落葉

少しずつ端を崩して春の雲

朝の雨現の証拠の小花にも
もらわれてゆく出目金の浮き沈み

人に人蛍に蛍馴れ馴れし

恨み深そうな目をして夏の風邪

梅雨時の雀斑きのうより濃くて
山の蟻目のあるようなないような

朝夕を婆娑羅とそよぐ夏柳

国家国土国民のわれ汗しとど

ひぐらしの長鳴きはだれかへの供養

怖さ半分興半分の蝮かな

頑丈な橋桁くぐる秋の水

こちら須磨あちら淡路に夜半の月

秋袷須磨にも明石にも寄らず
子午線はこのねこじやらしのこのあたり

赤子にも見える高さを鳥渡る

いささかの艶を残して鰯干す

秋潮の色を深めて古戦場

草の実のとりつく者らみな敗死

英雄のその後のごとし秋の風

恩師みな骨格で立つ花野かな

秋暑の牛金輪際の長睫毛

十月のなにごともなき日夜かな

鰯雲その果てその果て鰯雲

長き夜の膝に

「萬緑」九月号

秋の夜や終わらねばなにも始まらぬ

松山に雨瞑目という賛辞

芒にも中村草田男の墓にも雨

沖縄　玉城一香　五句

左手に夏帽右手で海を指す

あるはずの影あらぬ夜の月の浜
その人の寡黙も菊の香も不在

露しぐれ戦のことはもう聞けぬ

夜々秋濤玉城一香がいない

写真家　江成常夫　五句

もの言わぬ人ら月下の白黒に

月は白眼中の月あくまで白

多摩川の毒かあぶくか月光か
幻のかたちとはこれ秋の川

爽やかや源流人を寄せつけず

秋冷の柱の四面はがね色

細胞の話ふくらむ秋の暮

秋思厄介細胞六十兆のわれ

野分風指名手配書を飛ばす

一門に生半尺な秋の風

流れつつ一団となる山の霧

人よりも影をおおきく狗尾草

秋袷死なずに生きていずれ死ぬ

こんなにもおおきな夕日蛇笏の忌

土色にいつしか慣れて冬支度

囚われの熊より怖し檻の柵

はしたなき格好をして松葉蟹

北陸支部句会の夜の鰤起し

最前の蛇のまた出て里神楽

水運ぶように大根を提げ戻る

カストロが死んだ十二月がくる
十二月八日のかたちアルマイト

厄介な用のいくつか雪催

柄の長き傘が荷となる年の市

似たひとと思うて過ぎて年の暮

二〇一七年

絵屛風の隅に描かれて芹その他

両頬の骨立つままを初鏡

老人に老人の影初詣

一族に赤ん坊のいる三が日

雑煮餅それとなく余生のかたち

沈沈と餅の白在るこの世かな

年末に年始に役にたつ手足

七十の次の八十冬帽子

三歳の記憶のはじめ雪の白

絵襖の七賢人みな面長で

一本の葱の力と葱畑

火と水と刃物に仕え春の朝

包丁はつくづく刃物花の下

浅春の蛇口全開刃物研ぐ

透明な鱗をかさね桜鯛

桜鯛頭尾に光ほとばしる

木の家のおおきな窓の朧月

半睡の耳の二つに春霰

春寒や正岡子規の大頭

あたたかな雨の句ありぬ子規句集

永き昼硯の川を渡りゆく

片栗の花のかたまる深謀あり

石の上の蟇にも齢ありたるよ

風鈴を吊る億劫によき風が

月刊のとどく律儀や松の芯

夏蚕まず半身をもたげて進む

振り返ること渾身に夏蚕かな

国益にならぬ蚕も透き通る

鮓熟るるころか川音風の音

不戦宣言そののち緩む単帯

年寄か最年長者か昼寝覚

生きていること思い出す夏座敷

ピンで刺す揚羽心臓はこのあたり

猫だらけ人間だらけ夏の街

尊厳死協会会員のわれに夏

うつくしき文語旧仮名ケフチクタウ

夏木立先生のこと一入に

夏はよし東西南北に欅

風涼し樹に万の葉とその葉裏

また八月　八句

夏の真夜火の中にわが家のかたち

水田べりまたなき命失せしかな

炎天下死んだ少女の手に水筒

終生の目の底を這う炎かな

生きてあれば生きてあればと金魚の尾

旧作に〈八月の赤子はいまも宙を蹴る〉

八月はまことに真夏永久に真夏

金輪際死児が見開く夏や夏

汗の身の深みにひそむ火のゆらぎ

手に荷物持たぬ日もあり草の花

忙中閑終日ゆれてねこじやらし

一夕や新酒よきかな古酒よきかな

観月会正真正銘月まんまる

菊膾かくまで小さき小鉢かな

光るものあまた交えて鳥威し

天高し皇后誕生日なれば

露月の忌野山の色となりにけり

流木が牛馬の形となる月下

神戸より速度を増して野分雲

藁塚のできたばかりにはや雨が

子規の忌や千年万年子規老いず

鳥渡る子規の病をおもうとき

死後一年二年三年秋の風

長短を定めずたれて糸瓜かな

どんぐりの三つ四つが荷となりぬ

天風の宙を交差の秋燕

森へ

蛇の手とおぼしきところよく動く

雨あとの森を背負うて蝸牛

森の風絶えて樹形のととのいぬ

いささかの光あつめて歯朶葎

蜻蛉によくよく見えて過去百年
むらぎもの心の一部月色に

霧深き森に隠そうシリアの子

日光月光ここまでは来ぬ弾礫

八月に焦げるこの子らがこの子らが

死にはせぬといいつつ死んだ烏瓜

芒原死者が生者をいたわりて
木通の実森の細部として真赤

源流を囲む冬木に触れまじく

頭目ら尾花の白をまた嬲る

月皓々おおきな鳥の忌日かな

夏もおわりの面白尽に雲の色

森の匂い書庫の匂いに似て晩夏

水を走り水に躓く山楝蛇

列島の陰樹陽樹に秋の雨

鉱物のようにも見えて朴落葉

冬帽子水源のこと知り尽くす

どこをどう潜つてきたか寒の水

千古より落葉重なる日夜かな

日暮れ前一瞬ひかる小楢の実

二〇一八年

初詣歩ける足を寿ぎて

鍋釜の触れ合う音も初昔

もの多き机上すこやか年はじめ

正月が来るとおもえば必ず来る

まかり出てただの鴉が初鴉

初湯結構湯気のもやもやも結構

立ち上りさて何とする三が日

だらしなく伸びてめでたし粥柱

立ち上るたびにぶつかる団子花

見たこともない土竜打つ土竜打

弟急逝　七句

隣室に起ち居の気配夜半の冬

こんなにも健やかな死や冬日和

患わず冬あたたかな日に逝けり

冬の街弟のほかみな長寿

燠の赤尉の白通夜更けゆきぬ

弟の湯飲みの湯気も寒の入

一人去り一人生まる睦み月

愛らしき仕種つぎつぎ初湯の子

あらたまの瑞光およぶ掌

田の面凸凹のまま凍りたる

冬の風義理一遍に田に畑に

金子兜太長逝二月二十日

白梅にひろびろとして他界の野

その後

兜太に母その母に母山の梅雨

青芒隠れ遊びのいつまでぞ

これぞ前衛真夏の草の曲りよう

山国の出口入口に蜻蛉

棒に止まらぬ蜻蛉もいて秩父かな

ごまかせぬ蜻蛉の眼人間の眼

あとがき

句集『森へ』は、私の第八句集となります。息苦しくなると原生の森を安息の場と思念し、再生のよすがとします。集名の所似です。

刊行の一切を青磁社の永田淳氏におまかせいたしました。ありがとうございました。

平成三十年八月

宇多喜代子

宇多喜代子（うだ・きよこ）

昭和十年、山口県生まれ。俳誌「獅林」を経て「草苑」にて桂信子に師事。
現在「草樹」会員。現代俳句協会特別顧問。

句集　森へ

二〇一八年十二月七日　初版発行
二〇一九年五月三十日　第二刷発行

著　者　宇多喜代子
発行者　永田　淳
発行所　青磁社
京都市北区上賀茂豊田町四〇－一（〒六〇三－八〇四五）
電話〇七五－七〇五－二八三八
振替〇〇九四〇－二－一二四二二四
http://www3.osk.3web.ne.jp/~seijisya/

印刷所　創栄図書印刷
製本所　新生製本
装　幀　濱崎実幸
定　価　一八〇〇円

ISBN978-4-86198-418-1 C0092 ¥1800